Rudolf Burgmann

Seneca's Theologie in ihrem Verhältniss zum Stoicismus und zum Christenthum

Antigonos

Rudolf Burgmann

Seneca's Theologie in ihrem Verhältniss zum Stoicismus und zum Christenthum

Unveränderter Nachdruck der Originalausgabe von 1872.

1. Auflage 2024 | ISBN: 978-3-38634-169-1

Antigonos Verlag ist ein Imprint der Outlook Verlagsgesellschaft mbH.

Verlag: Outlook Verlag GmbH, Zeilweg 44, 60439 Frankfurt, Deutschland, info@outlook-verlag.de
Vertretungsberechtigt: E. Roepke, Zeilweg 44, 60439 Frankfurt, Deutschland
Druck: Libri Plureos GmbH, Friedensallee 273, 22763 Hamburg, Deutschland

Seneca's Theologie

in ihrem

Verhältniss zum Stoicismus und zum Christenthum.

—◇—

INAUGURAL-DISSERTATION

ZUR

ERLANGUNG DER PHILOSOPHISCHEN DOCTORWÜRDE

BEI DER

PHILOSOPHISCHEN FACULTÄT

DER

UNIVERSITÄT JENA

EINGEREICHT VON

Rudolf Burgmann.

BERLIN 1872.

BUCHDRUCKEREI VON R. BOLL,
Georgenstrasse 16.

Seneca's Theologie

in ihrem

Verhältniss zum Stoicismus und zum Christenthum.

Seneca's Theologie

in ihrem

Verhältniss zum Stoicismus und zum Christenthum.

Einleitung.

Unter den philosophischen Schriftstellern des Alterthums hat von jeher L. A. Seneca eine hervorragende Stelle eingenommen. Sein wechselvolles Leben, seine einflussreiche Stellung am Hofe Nero's und sein tragisches Ende haben freilich zu dieser Berühmtheit nicht wenig beigetragen; aber ungleich bedeutender ist er durch seine philosophische Thätigkeit geworden, und die zahlreichen Schriften Seneca's, die schon zu seinen Lebzeiten eine Lieblingslectüre der Gebildeten waren, wurden mit Vorliebe das ganze Mittelalter hindurch studirt und fanden auch in neuerer Zeit manchen warmen Verehrer. Petrarca erwähnt in der ep. contra Gallum das Urtheil Plutarch's über Seneca: „Nullum in Graecia fuisse, qui sibi in moralibus possit comparari". Quintilian hebt nachdrücklich den moralischen Werth seiner Schriften hervor [1]), und über die Vielseitigkeit seiner Werke

---

[1]) Inst. orat. X cap. 1 § 125—131.

äussert er in § 128 der vorerwähnten Schrift: „Tractavit etiam omnem fere studiorum materiam. Nam et orationes ejus et poemata et epistolae et dialogi feruntur". Der in seinem Urtheil so strenge Tacitus nennt ihn ein ingenium amoenum [1] und einen vir egregius [2], er rühmt seine comitas honesta [3], an manchen Stellen hebt er den wohlthätigen Einfluss Seneca's auf Nero hervor und schildert nicht ohne Theilnahme seine letzten Augenblicke. [4]

Wegen der grossen Verwandtschaft zwischen seiner Moral und dem Christenthum berufen sich die Kirchenväter oft auf ihn; Tertullian bezeichnet ihn als einen, der oft auf christlichem Standpunkt stehe [5], und Lactantius erwähnt, dass er die allgemeine Sittenverderbniss ebenso treffend schildere, als scharf und streng tadele [6], ja die Verehrung des Sittenlehrers schritt bald zu dem Glauben fort, dass Seneca ein Christ gewesen oder doch dem Christenthum sehr nahe gestanden habe. In diesem Sinn sprechen sich wenigstens andeutend zuerst Hieronymus und Augustin aus, der untergeschobene Briefwechsel zwischen Seneca und Paulus verdankt diesem Glauben seine Entstehung, und das ganze Mittelalter,

---

[1]) Ann. XIII, cap. 3.

[2]) Ann. XV, cap. 23.

[3]) Ann. XIII, cap. 2.

[4]) Ann. XV, 61: „nec sibi promptum in adulationes ingenium, idque nulli magis gnarum quam Neroni, qui saepius libertatem Senecae, quam servitium expertus esset. — 62: quod unum jam pulcherrimum habebat, imaginem vitae suae amicis relinquere testatur."

[5]) De anima, cap. 20: Seneca saepe noster.

[6]) Div. Inst. V, 9: Seneca morum vitiorumque publicorum et scriptor verissimus et castigator acerrimus.

auf die Autorität jener beiden Kirchenlehrer sich stützend und jene Briefe keiner strengen Kritik unterziehend, hielt an der Ansicht von der Bekehrung Seneca's fest. Auch in späterer Zeit blieben Seneca's Schriften nicht unbeachtet; ausser anderen bedeutenden Alterthumsforschern verwandten namentlich Lipsius und Erasmus Fleiss und Sorgfalt auf die Auslegung derselben; ganz besonders aber fühlten sich die französischen Gelehrten, wie z. B. Montaigne, Diderot, Troplong, Schmidt und namentlich Fleury von Seneca angezogen und machten sich durch Uebersetzungen und wissenschaftliche Bearbeitungen seiner Werke verdient.

Aber neben und trotz dieser Verehrung, deren sich Seneca zu allen Zeiten erfreute, machte sich schon frühzeitig eine entgegengesetzte Ansicht geltend, welche den schriftstellerischen Nachlass des Philosophen einer herben Kritik unterzog und sogar über seinen Character ein strenges und ungünstiges Urtheil fällte. Das Leben und der Charakter Seneca's sind freilich nicht ganz frei von Tadel; aber ein vorurtheilsfreier Beurtheiler, der auch die Zeit, in der er lebte und seine Stellung an dem verderbten Hofe Nero's berücksichtigt, wird ihm dennoch im Grossen und Ganzen ein anerkennendes Urtheil nicht versagen. Mag Seneca auch vielleicht von Habsucht nicht ganz freizusprechen sein[1]), so ist doch sicher der Anschuldigung des Suilius[2]) kein Werth beizu-

---

[1]) Vgl. Dio Cass. 71, 10 und 72, 2.

[2]) Tac. Ann. XIII, 42: illum (sc. Senecam) domus ejus (sc. Germanici) adulterum fuisse . . . . . Romae testamenta et orbos velut indagine ejus (sc. Senecae) capi.

legen; denn der Vorwurf des Ehebruchs und der Erbschleicherei, den dieser gegen Seneca erhebt, erscheint schon an und für sich durch die ganze Vergangenheit und den Charakter des Suilius höchst unglaubwürdig und ist auch durch Volquardsen in überzeugender Weise widerlegt worden. [1]

Anders verhält es sich mit der Ermordung Agrippina's. [2] Dass Seneca's Verhalten bei diesem furchtbarsten Verbrechen Nero's nicht das rechte war, wird gewiss Niemand bestreiten wollen; dennoch lässt es sich nicht verkennen, dass er nur geschehen liess, was zu verhindern nicht in seiner Macht stand|, und dass ein Versuch, Nero von seinem blutigen Vorhaben zurückzuhalten, ohne Zweifel erfolglos geblieben wäre. Freilich kann damit keineswegs seine shweigende Zustimmung entschuldigt werden; aber noch charakterloser war es, dass er sich dazu herabgab, in einem an den Senat gerichteten Schreiben das empörende Verbrechen noch nachträglich zu entschuldigen [3] Seneca kann im Augenblick des Todes ohne Gewissensbisse jener Frevelthat gedenken [4]); gleichwohl eilen wir gern über dieses dunkle Blatt in seiner Geschichte hinweg.

Auch die Trostschrift an Polybius ist häufig dazu benutzt worden, um Seneca's Charakter in einem un-

---

[1] Ehrenrettung des L. A. Seneca gegen die Angriffe Hoffmeisters. 2. Abtheilung. Hadersleben 1839.

[2] Tac. Ann. XIV, 7. Dio Cass. LVI, 12. Zeller, Philosophie der Griechen, III., 1, S. 641. Bähr, Geschichte der röm. Lit., II. Band, S. 454. — Volquardsen, Ehrenrettung Seneca's. — Diderot I, § 117.

[3] Tac. Ann. XIV, 11.

[4] Tac. Ann. XV, 62.

günstigen Lichte darzustellen, und in der That sind die unmännlichen Klagen und der schmeichlerische Ton derselben nicht dazu geeignet, uns einen hohen Begriff von dem stoischen Gleichmuth des Philosophen zu verschaffen. Aber ein gerechter und verständiger Kritiker wird dennoch im Gedanken an die trostlose Lage des Verbannten, der aus seinem ungerechten Exil durch die Gunst des mächtigen Freigelassenen erlöst zu werden hoffte, über diese menschliche Schwachheit kein zu hartes Urtheil fällen, und er wird bei der Beurtheilung seines Charakters nicht einzelne, aus dem Ganzen herausgerissene Aeusserungen, sondern den Geist zum Maassstab nehmen, der die Werke des Philosophen in ihrer umfassenden Grossartigkeit beseelt.

Bedenklicher, als jene vereinzelten Vorwürfe, ist das Urtheil, was neuerdings über Seneca gefällt worden ist; denn wäre die Ansicht Hoffmeisters [1]) und Gerlach's [2]) begründet, welche in seinen Schriften nicht den heiligen Ernst eines für seine Bestrebungen begeisterten Mannes, sondern das hohle Pathos eines geistreichen, aber herzlosen Redners erkennen wollen, so wäre damit der moralische Werth Seneca's sehr in Frage gestellt. In den Schriften Seneca's findet sich freilich viel Deklamatorisches; aber dies ist zum grossen Theil auf Rechnung seiner Zeit und seiner

---

[1]) „Die Weltanschauung des Tacitus", Beiträge zur wissenschaftlichen Kenntniss des Geistes der Alten, I. Band, Essen 1831.

[2]) „Ueber Seneca's Stellung zu seinem Zeitalter in den Verhandlungen des Vereins deutscher Philologen, Mannheim 1840", und Gerlach's historische Studien, I, S. 277—285.

Nationalität zu setzen [1]), und die Rednerschule, aus welcher er hervorgegangen, hat jeden Falls auch das Ihrige dazu beigetragen. Von dem Verlangen, zu gefallen und zu glänzen, ist Seneca trotz jener Milderungsgründe nicht ganz frei zu sprechen; aber der Vorwurf, dass seine Schriften häufig an innerer Unwahrheit leiden, indem sie nicht den Eindruck eines von sittlichem Ernst durchdrungenen Mannes, sondern eines eitlen, nach dem „Scheine grosser Gesinnung strebenden Rhetors [2]) hinterliessen, ist höchst willkührlich und subjectiv und ist durch das gewissenhafte Urtheil von Bähr [3]) und Zeller [4]) gründlich, und wie wir hoffen für immer widerlegt worden. Auch Holzherr [5]) hat die Unhaltbarkeit jener Annahme warm unn mit überzeugenden Gründen nachgewiesen.

Wenn schon die Urtheile über das Leben und die politische Wirksamkeit Seneca's, ja sogar über seinen Character und die Aufrichtigkeit seiner Gesinnung weit auseinander gehen, so ist dies noch viel mehr der Fall hinsichtlich des Werthes seiner philosophischen Leistungen, die wir aus den uns hinter-

---

[1]) Seneca war bekanntlich von Geburt ein Spanier. Das Weitere über seine Erziehung und sein Leben siehe Bähr, Geschichte der römischen Literatur, 3. Auflage, 2. Band, § 341. — Bernhardy, Grundriss der röm. Literatur, 4. Auflage, S. 811 ff. — Zeller, die Philosophie der Griechen, 2. Auflage, III. Theil, I. Abtheilung, S. 616 und 617.

[2]) Ritter, Geschichte der Philosophie, IV. Theil, S. 184—186

[3]) Bähr, Geschichte der röm. Literatur, 3. Aufl., II. Theil, S. 465 und 466.

[4]) Zeller, Philosophie der Griechen, III. Theil, I. Abtheilung, S. 642.

[5]) Holzherr, Der Philosoph L. A. Seneca, I, S. 7 ff.

lassenen Werken beurtheilen können. Soll aber unser Urtheil ein gerechtes sein, so ist es zunächst erforderlich, dass wir uns über die Zeit, in der Seneca lebte und über die Eindrücke, die für ihn und seine Zeitgenossen bestimmend waren, ein möglichst getreues Bild zu verschaffen suchen; denn jedes geistige Produkt eines Einzelnen und jedes Resultat seiner Forschungen und seines Denkens ist in gewissem Sinne auch ein Produkt seiner Zeit. Seneca lebte zu einer Zeit, in der der Uebergang von der Republik zur Monarchie sich vollzogen hatte. Durch eine Reihe der grausamsten Tyrannen war der trotzige Römersinn gebrochen, das Interesse am Staatsleben war geschwunden, und die Besseren zogen sich, beständig abgestossen und verwundet von einer entarteten Aussenwelt, mit Resignation auf sich selbst zurück. Zu einer solchen Zeit konnte nur eine Philosophie, die vorzugsweise auf das Praktische gerichtet war, dem herrschenden Bedürfniss Genüge leisten, und daher kann es uns nicht befremden, dass der stoischen Schule bei ihrer praktischen Tendenz eine erhebliche Anzahl der besten Männer damals angehörte. Auch Seneca, der unzweifelhaft zu den Besten seiner Zeit gehörte, schloss sich dieser Richtung an. Sowie er jedoch im Leben die Moral der Stoiker nicht immer streng befolgte und sich sogar zu dem Geständniss genöthigt sieht, dass seine Worte strenger seien, als sein Leben, und dass er weder ein Weiser sei, noch es auch jemals zu werden hoffe[1]), so bindet er sich auch in seiner Philosophie keineswegs streng an das

---

[1]) ep. 6, 1. 57, 3.

stoische System, sondern nimmt eine wesentlich freie
Stellung zu demselben ein und will ihm nur so weit
folgen, als er sich nach seinem eigenen selbständigen
Urtheil in Uebereinstimmung mit ihm weiss. Wenn
daher Seneca, obgleich er sich mit Entschiedenheit
zu den Stoikern rechnet[1]), dennoch nicht selten von
ihren Lehren abweicht[2]) und die Aussprüche anderer
Philosophen mit Anerkennung erwähnt[3]), so gibt
sich darin das Bestreben kund, das, was die Stoa
und andere philosophische Schulen geleistet haben,
zu einer höheren Einheit zu verbinden und durch
eine Vereinigung der Wahrheiten aller einzelnen
Systeme eine universalistische Ausbildung der Moral
— denn Seneca ist wesentlich Moralphilosoph — an-
zubahnen. Bei diesem eklektischen Verfahren und
bei dem Mangel einer geordneten Entwicklung und
Verbindung seiner Lehren kann seine Philosophie
eine streng wissenschaftliche freilich nicht genannt
werden, sondern wegen ihrer einseitigen Hervorhebung
des Praktischen nur als Moralphilosophie in Betracht
kommen. Es kann sich daher bei der Beurtheilung
seiner Philosophie auch nur darum handeln, ob auf dem
Gebiet der Moral ein wesentlicher Fortschritt nach-
weisbar ist. Doch auch hierüber lauten die Urtheile
nichts weniger, als übereinstimmend; denn während
von der einen Seite die nahe Verwandtschaft seiner
Moral mit dem Christenthum nachgewiesen wird, ja

---

[1]) ep. 113, 1. 117, 1.
[2]) ep. 117, 1. 113.
[3]) In seinen Briefen citirt Seneca namentlich oft Worte von
Epikur.

diese Annahme sich zu der Behauptung versteigt, dass Seneca ein geheimer Anhänger der christlichen Lehre gewesen sei, sprechen Andere in geringschätziger und absprechender Weise über ihn und wollen in seiner Sittenlehre keinen wesentlichen Fortschritt über den Stoicismus anerkennen. Soll aber für die Beurtheilung seiner Moral eine sichere Basis gewonnen werden, so ist es unerlässlich, dass wir über das Wesen seines Gottesbegriffs eine klare Anschauung zu gewinnen suchen. Denn die verschiedenartige Erscheinungsform der einzelnen Moralsysteme hat ihren letzten Grund in dem ihnen zu Grunde liegenden Gottesbegriff, und für eine gerechte Würdigung ihres Werthes ist daher die Frage noch diesem Fundament die nothwendige Bedingung und Voraussetzung.

Erster Abschnitt.

Seneca's Theologie in ihrer Uebereinstimmung mit dem Christenthum.

Was nun die Gottesidee Seneca's anbelangt, so ist zunächst dem Irrthum zu begegnen, dass die häufig vorkommende Bezeichnung „dii" auf eine polytheistische Anschauung schliessen lasse. So wenig das Alttestamentliche אֱלֹהִים mit dem Monotheismus der Hebräer in Widerspruch steht, ebenso wenig beweist der Plural dii das Festhalten Seneca's an dem

schon damals veralteten Aberglauben. Die Alt-
testamentlichen Autoren bedienten sich jenes Plurals
in Ermanglung eines Abstractums, Seneca dagegen,
der sich an zahlreichen Stellen über die Einheit
Gottes klar und bestimmt ausspricht, lehnt sich in
diesem Wort nur an die herkömmliche Ausdrucks-
weise an, und er thut dies um so freier, als er sich
bewusst ist, dass seine ganze Stellung auf dem Gebiet der Philosophie einer irrthümlichen Auffassung
keinen Raum verstattet. In der Schrift de benef.
IV. c. 7 spricht er sich darüber aus, dass unter den
verschiedenartigsten Benennungen immer nur der
Eine Gott zu denken ist, und dass seine Namen so
mannigfaltig sein können, wie die Wohlthaten, die
er uns erweist: „Quaecunque voles illi nomina proprie
aptabis, vim aliquam effectumque cölestium rerum
continentia. Tot appellationes ejus possunt esse, quot
munera." — Seneca gehörte, wie wir schon erwähnten, der stoischen Schule an, und in dieser wurde
der Monotheismus, und zwar in der schroffsten Weise
geltend gemacht. Nach der Auffassung der Stoiker
waren Gott und die Materie wesentlich Eins. Aus-
gehend von der Ueberzeugung, dass alles Existirende
körperlich sei, vermochten sie sich nicht zu der Anschauung eines rein geistigen, transcendenten Gottes
zu erheben, sondern jene Voraussetzung musste sie
mit logischer Nothwendigkeit zu dem Gedanken der
absoluten Immanenz Gottes führen. Gott und Materie
existiren für sie in ungeschiedener Einheit; die an
sich qualitätlose Materie ist das nothwendige Substrat
der göttlichen Thätigkeit; Gott, die absolute Vernunft,
ist dasjenige, was diese todte Masse beseelt und be-

lebt; er ist das geistige Princip, das die Materie überall durchdringt, das in allen Einzelexistenzen zur Erscheinung kommt, und ohne welches diese gar nicht gedacht werden kann. Gott ist daher für den Stoiker das gestaltende, belebende und treibende agens, das Alles durchdringende πνεῦμα, die Vernunft und die Seele der Welt, aber keineswegs wie bei Aristoteles von der Materie ursprünglich verschieden, sondern unauflöslich mit ihr verbunden und wesentlich Eins mit ihr. Zwischen Gott und Welt besteht demnach keine absolute, sondern nur eine relative Verschiedenheit; die Unterscheidung beider ist nur ein Act des menschlichen Denkvermögens; denn beide sind verschiedenartige Erscheinungsformen ein und desselben Urwesens, das wir als Kraft und als intelligente Thätigkeit Gott, als Stoff und Wirkung Welt nennen. Die Stoa kennt desshalb nur einen unpersönlichen Gott; insofern aber das thätige Princip als die absolute Vernunft gedacht wird, kann sie ihm auch rein geistige und persönliche Prädikate beilegen und von der Weisheit, Güte und Liebe Gottes reden.

Seneca befindet sich, was die Einheit Gottes anbelangt, mit der Stoa auf demselben Boden; aber er geht einen Schritt weiter, indem er das Absolute als den Absoluten anerkennt. Für ihn ist Gott nicht mehr das materielle Urwesen, das sich in einem nothwendigen Process zur Welt entwickelt und ihr vollkommen immanent ist, sondern er vergeistigt und belebt den abstracten Gottesbegriff durch Prädikate, die nur einem intelligenten, persönlichen Wesen zukommen können. Er fasst Gott als rein immaterielles Sein auf, das nicht mehr an die Materie ge-

bunden ist und nur durch sie zur Erscheinung kommt, sondern unendlich über sie erhaben ist, sie zum Object seines Willens macht und ihr also wesentlich frei gegenüber steht. Diese Auffassung eines immateriellen, rein geistigen Wesens spricht er am deutlichsten in dem Vorwort zu dem ersten Buch seiner Naturbetrachtungen aus: „Quid ergo interest inter naturam Dei et nostram? Nostra melior pars animus est: in illo nulla pars extra animum, totus ratio est." Als intelligentes, persönliches Wesen, das mit dem Stoff frei schaltet, wird Gott der Materie in ep 65, 2 gegenübergestellt: „materia jacet iners, res ad omnia parata, cessatura, si nemo moveat. Causa autem, id est ratio, materiam format et quocunque vult versat, ex illa varia opera producit." In ganz anderer Weise ist hier also die ratio wirksam, wie das stoische πνεῦμα. Während dieses nur einem nothwendigen Entwicklungsprocess unterliegt, verfügt die ratio frei, mit Selbstbewusstsein und mit Selbstbestimmung über die Materie als ihr Object. — Wie der Mensch aus Seele und Körper besteht, so auch das Universum aus Gott und der Materie; aber wie der Körper nur das willenlose Object des Geistes ist, so lenkt und beherrscht auch der allmächtige Gott die Welt frei nach seinem Willen ep. 65, 24: „universa ex materia et ex deo constant: deus ista temperat, quae circumfusa rectorem sequuntur et ducem. Potentius autem est ac pretiosius quod facit quod est deus, quam materia patiens dei. Quem in hoc mundo locum deus obtinet hunc in homine animus: quod est illic materia id in nobis corpus est. Serviant ergo dete-

riora melioribus." So klar und deutlich wie möglich wird hier die Materie Gott gegenübergestellt, und indem Seneca sich auf das analoge Verhältniss des menschlichen Geistes zum Körper beruft, weis't er auf das passive Verhalten der an sich wesenlosen Materie hin, welche willenlos ihrem allmächtigen Lenker und Regierer folgt.

Nach einigen Stellen könnte es scheinen, als wenn Seneca der Ansicht sei, dass Gott die Materie auch erschaffen habe. So äussert er ep. 107, 9: „Optimum est pati quod emendare non possis et deum quo auctore cuncta proveniunt sine murmuratione comitari," und ähnlich de benef. IV, 7, 1 „quotiens voles, tibi licet aliter hunc auctorem rerum nostrarum compellare." Weit zahlreicher sind jedoch die Stellen, in denen er sich zu der entgegengesetzten Ansicht neigt, z. B. de prov. V, 9; nat. quaest. III, 30 etc. Auch in dem Vorwort zu den Naturbetrachtungen — I, 14 — wirft er die Frage auf, „ob Gott die Materie bilde, oder die gegebene verwende", und obgleich er über dieses Problem seine Ansicht zurückhält, so ist doch so viel offenbar, dass die Möglichkeit der Erschaffung der Materie die Existenz eines persönlichen Gottes zur Voraussetzung hat.

So verschiedenartig auch die Ausdrücke sein mögen, in denen er von Gott als dem Urheber des Universums und dem Lenker aller Dinge redet, so stimmen doch alle darin überein, dass sie das persönliche Element und die objektive Realität Gottes hervorheben; für ihn ist Gott der rector universi[1]),

---

[1]) De vita beata. c. 8.

der conditor und rector omnium [1]), der arbiter
universi [2]), der artifex, auctor, formator cus-
tos mundi, und wenn auch ältere Stoiker, wie z. B.
Cleanthes [3]) und Balbus [4]) sich ähnlicher Ausdrücke
bedienen, so gehen sie damit doch noch keineswegs
über die Anerkennung der allgemeinen, in den Gesetzen der Weltordnung sich manifestirenden Vernunft hinaus, wärend Seneca's theistische Anschauung
in solchen und ähnlichen Stellen nur den ihr ent-
sprechenden Ausdruck findet.

Auch die Ewigkeit und Aseität Gottes, welche
das Wesen der absoluten Persönlichkeit Gottes im
Gegensatz zu der bedingten des Menschen ausmachen,
werden von Seneca hervorgehoben. So citirt Lactantius inst. I, c. 7, 13 einen Ausspruch Seneca's:
„Nos aliunde pendemus. itaque ad aliquem respici-
mus, cui, quod est optimum in nobis debeamus: alius
nos edidit, deus ipse se fecit."

Vergangenheit, Gegenwart und Zukunft fallen
für ihn zusammen nat. quaest. II, 36 „cum sapiens
quid sit optimum in praesentia sciat, illius divinitati
omne praesens sit."

Als rein immaterielles Sein ist Gott auch frei
von den Schranken des Raumes, d. h. er ist allgegenwärtig. Gott ist überall und Allen nahe

---

[1]) De prov., c. 8.

[2]) Ep. 16.

[3]) In dem Hymnus auf Zeus, in welchem es in einer von
Seneca übertragenen Stelle heisst: „duc me parens celsique do-
minator poli, quocunque placuit etc."

[4]) Siehe Cicero's de natura Deorum, II, 35 ff., wo Gott
rector, moderator et tamquam architectus tanti operis genannt wird.

ep. 95, 47 „ubique et omnibus praesto est.“ Er er-füllt die ganze Welt; dem Universum sowohl, wie seinen Theilen ist er gegenwärtig 'nat. quaest. II, 45: „vis ille vocare mundum: non falleris. ipse enim est hoc quod vides totum, partibus suis inditus, et se sustinens et sua“. — Da Gott allgegenwärtig ist, so ist er dem Menshen stets nahe, er ist bei ihm und in ihm ep. 41: „prope est a te Deus, tecum est, intus est.“

Als absolutes, intelligentes Wesen ist Gott all-wissend und allweise ep. 83, 1: „quid prodest ab homine esse aliquid secretum? Nihil Deo clusum est: interest est animis nostris et cogitationibus mediis intervenit.“ Lact. inst VI, c. 24, 11 sq.: „Nec lucrari se quisquam putet, si delicti conscium non habebit. scit enim ille omnia, in cujus conspectu vivimus, nec si universos homines celare possumus, deum possu-mus, cui nihil absconditum, nihil potest esse secre-tum. — Magnum, inquit, (sc. Seneca) nescio quid majusque quam cogitari potest, numen est, cui vi-vivendo operam damus. huic nos adprobemus! nam nihil prodest inclusam esse conscientiam: patemus deo“.

Auch die Schönheit der Welt und ihre Erhaltung und Regierung wird an zahlreichen Stellen als ein Beweis für die Allweissheit Gottes verwandt, so z. B. nat. quaest. praef. I, 14: „totus (sc. Deus) est ratio, cum interim tantus error mortalia tenet, ut hoc, quo neque formosius est quicquam nec dispositius nec in proposito constantius, existiment homines fortuitum et casu volubile ideoque tumultuosum inter fulmina, nubes tempestates et cetera, quibus terrae ac terris vicina pul-santur. — de prov. I, 2 Supervacuum est in praesentia

ostendere non sine aliquo custode tantum opus stare nec
hunc siderum coetum discursumque fortuiti inpetus
esse et quae casus incitat saepe turbari et cito arie-
tare, hanc inoffensam velocitatem procedere aeternae-
que legis imperio tantum rerum terra marique ge-
standem, tantum clarissimorum luminum et ex dis-
posito relucentium, non esse materiae errantis hunc
ordinem nec quae temere coierunt, tanta arte pendere,
ut terrarum gravissimum pondus sedeat immotum et
circa se properantis coeli fugam spectet etc.

So ist bei Seneca an Stelle des materialistischen
Urwesens der Stoiker ein persönlicher Gott getreten,
der als rein geistiges Princip der Materie frei gegenüber steht, der vermöge seiner Allmacht aus der
qualitätlosen Materie die Welt erschaffen hat und sie
fort und fort trägt, erhält und regiert. Seine Existenz
ist nicht durch ein anderes Princip bedingt, denn
von Ewigkeit her hat er sich selbst erzeugt; er hat
den Grund des Seins in sich und wird desshalb nicht
berührt von dem Unterschied der drei Relationen des
Seins, der Vergangenheit, Gegenwart und Zukunft.
Und ebenso ist er auch frei von den Schranken des
Raumes. Er ist in Allem, was existirt, zugegen und
erweist sich als das Leben der an sich vernunftlosen
und unbeseelten Natur. Da Gott nach der Lehre
Seneca's die Causalität der Welt ist, die sich in ab-
soluter Abhängigkeit von ihm befindet, so kann er
nicht an die Existenzform der Welt, an Raum und
Zeit gebunden sein, und ebenso ergeben sich aus
seiner Eigenschaft als absolute Persönlichkeit auch
seine übrigen Erweisungen und Beziehungen zur Welt,
seine Allwissenheit und Allweisheit.

Für Seneca ist jedoch das Wesen Gottes nicht nur Gegenstand des spekulativen Erkennens, sondern er fühlt sich auch in lebendiger Beziehung zu Gott durch das in ihm lebende religiöse Abhängigkeitsgefühl. Er kennt nicht nur diejenigen Eigenschaften Gottes, welche dem populären Bewusstsein am nächsten liegen, sondern er verbindet auch mit seinem Gottesbegriff die würdigsten sittlichen Vorstellungen und kommt durch die Hervorhebung der Heiligkeit Gottes, seiner Gerechtigkeit, Liebe und Güte unter allen Philosophen des Alterthums der christlichen Vorstellungsweise am nächsten. Die Lehre Seneca's von dem Wesen Gottes und ihre Anwendung auf das praktische Leben ist derjenige Theil seiner Philosophie, auf welchem die meisten und schönsten Berührungspunkte mit dem Christenthum liegen; denn wenn auch schon Plato Gott als die höchste Liebe und Güte schilderte, so blieb das göttliche Wesen für ihn doch mehr Gegenstand einer bloss theoretischen Betrachtung, während das Bewusstsein der göttlichen Heiligkeit, Gerechtigkeit und Liebe für Seneca zur bestimmenden Norm für sein sittliches Handeln wurde. Wenn daher kein philosophisches System des Alterthums dem Christenthum so vorgearbeitet hat, wie das stoische, so gilt dies in noch höherem Grade von der Lehre Seneca's, und es unterliegt keinem Zweifel, dass der rasche Sieg des Christenthums bei seinem Umzug durch das griechisch-römische Reich zum grossen Theil durch den der christlichen Anschauung so nahe verwandten Geist seiner Schriften herbeigeführt wurde. Denn im Gegensatz zu der oft unsittlichen heidnischen Götterlehre stellt Seneca das Wesen Gottes als das des absolut Heiligen dar, der ohne Beschränkung seiner Freiheit nur das Gute wollen kann. nat. quaest. praef. I, 3 „Necesse est enim ei eadem placere, cui nisi optima placere non possunt. nec ob hoc minus liber et potens est: ipse enim est necessitas sua." Als der Heilige ist Gott unwandelbar, sein Wollen und Handeln ist stets in vollkommener Uebereinstimmung mit seinem Wesen, und niemals kann ihn etwas gereuen: de benef. VI, 23, 1 „adice nunc, quod non externa cogunt deos, sed sua illis in legem aeterna voluntas est ..... nec unquam primi consilii deos poenitet." —

Wenn deshalb Seneca de prov. V, 8 sagt: „inrevocabilis humana pariter ac divina cursus vehit. ille ipse omnium conditor et rector scripsit quidem fata, sed sequitur. semper paret, semel jussit" —, so liegt hierin keineswegs eine fatalistische Ansicht ausgedrückt, sondern nur der Gedanke an die absolute Unwandelbarkeit und Heiligkeit Gottes, für den ein Wählen bei seinem Handeln nicht denkbar ist, und der seinem Wesen getreu immer nur das Vollkommenste wollen kann.

Heilig ist das unsichtbare Wesen, das in uns wohnt ep. 42, 2: „sacer intra nos spiritus sedet", und darum vermag ihn auch nur ein reines Herz zu erkennen ep. 87, 21: „quis sit summi boni locus quaeris? animus. hic, nisi purus ac sanctus est, deum non capit." — Wir vermögen uns daher in diesem Punkt der Ansicht Baur's [1]), dass bei Seneca die Idee der

---

[1]) Seneca und Paulus, das Verhältniss des Stoicismus zum

göttlichen Heiligkeit und Gerechtigkeit noch so wenig
ausgebildet ist, dass auch der Begriff der Sünde noch
durchaus mangelhaft erscheint, nicht anzuschliessen.
Nur mit der tiefsten Ehrfurcht redet er über Gott
und weis't mit Entrüstung auf die profanen Vorstellungen hin, welche das Volk mit dem Wesen der Gottheit verbindet und auf den demoralisirenden Einfluss,
den dieselben auf das sittliche Bewusstsein ausüben.
Augustin de civ dei VI, 10, 31: „numina vocant,
quae si spiritu accepto subito occurrerent, monstra
haberentur. — De vit. beat. 26, 6 quibus nihil aliud
actum est, quam ut pudor hominibus peccandi deme-
retnr, si tales deos credidissent.“

Der Begriff der Heiligkeit kann aber nicht ohne
den der Gerechtigkeit gedacht werden, und in der
That unterlässt Seneca auch nicht, denselben auf's
nachdrücklichste hervorzuheben. Die Götter sind die
Rächer jedes Unrechts; sie züchtigen die Schuldigen
und strafen sie bisweilen durch ein scheinbares Gut,
ep. 95, 50: „castigant quosdam et coercent et irro-
gant poenas et aliquando specie boni puniunt.“ — de
benef. III, 6, wo er von der Undankbarkeit handelt,
stellt er den Göttern die Strafe anheim für die Ver-
gehen, welche Menschen nicht zu ahnden vermögen,
„neque absolvimus illud, sed cum difficilis esset in-
certae sei aestimatio, tantum odio damnavimus et
inter ea reliquimus, quae ad judices deos mittimus“.
Er ist sich bewusst, dass der allmächtige Gott, der
die Welt regiert, auch der Richter seiner Thaten

Christenthum nach den Schriften Seneca's, in der Zeitschrift für
wissenschaftliche Theologie, herausgegeben von Hilgenfeld, I. Jahr-
gang, 1858, S. 190.

und Worte ist: de vita beat. 20, 5: „patriam meam
meam esse mundum sciam et praesides deos. hos
supra me circaque me stare factorum dictorumque
censores.“

Lact. inst. I, c. 5, 26: „non intelligis auctorita-
tem ac majestatem judicis tui, rectoris orbis terrarum
coelique et deorum omnium dei, a quo ista numina,
qnae singula adoramus et colimus, suspensa sunt?
— Nur der Weise, d. h. der, welcher ein sittlich
reines Streben befolgt hat, kann dem Tode ruhig in's
Antlitz schauen und braucht das Gericht, das ihm
folgt, nicht zu fürchten, ep. 26, 6: „quid geris, tunc
apparebit, cum animam ages. Accipio conditionem,
non reformido judicium.“

Seneca hat daher das Verdienst, den Begriff der
Heiligkeit und Majestät Gottes, der dem Bewusstsein seiner Zeit beinahe entschwunden war, durch die
würdige Vorstellung, die er von dem Wesen Gottes
hegte, neu belebt und gekräftigt zu haben. Für ihn ist der
ganze Götterschwarm mit seinem wenig erhabenen
und oft lächerlichen Mythus nur ein Product des
Aberglaubens und eine Ausgeburt der dichterischen
Phantasie. Als Weltmann räth er freilich, sich in
die Umstände zu schicken und der Sitte halber die
gottesdienstlichen Gebräuche mitzumachen; aber er
bleibt sich dabei der tiefen Kluft zwischen seiner
reineren philosophischen Anschauung und dem volks-
thümlichen Aberglauben bewusst und ist weit davon
entfernt, den rein äusserlichen und oft sogar unwürdigen Gebräuchen irgend welchen Werth beizulegen.
So äussert er bei Aug. de civ. dei VI, 10, nachdem
er eine Beschreibung der Thorheiten, die den Göttern

zu Ehren auf dem Capitol getrieben werden, vorausgeschickt hat, seine Ansicht hierüber folgendermassen: „quae omnia sapiens servabit tamquam legibus jussa, non tamquam diis grata.... Omnem istam ignobilem deorum turbam quam longo aevo longa superstitio congessit, sic adorabimus, ut meminerimus cultum ejus magis ad morem quam ad rem pertinere." Augustin findet dieses Verhalten characterlos und nimmt Anstoss daran, dass Seneca, „weil er ein Senator des erlauchten römischen Volkes war, verehrte, was er missbilligte, dass er that, was er verwarf und anbetete, was er als verderblich erkannte." Der Vorwurf, sich hierbei der öffentlichen Sitte in einer Weise anbequemt zu haben, die mit seiner Ueberzeugung in Widerspruch stand, kann Seneca freilich nicht, erspart werden; aber soviel lässt sich nach Allem, was wir hierüber bereits vernommen haben, nicht verkennen, dass sich Seneca in seiner Lehre über das Wesen Gottes in auffallender Weise der christlichen Anschauung näherte.

Freilich hat er sich, wie wir später sehen werden, nicht immer auf derselben Höhe und Reinheit erhalten, sondern ist nicht selten in pantheistischen Reflexionen zurückgefallen; aber es ist dies eine Erscheinung, welche er als Stoiker mit manchem christlichen Philosophen gemein hat, und das Urtheil Schmidt's [1]) behält seine Richtigkeit: „Sénéque païen avait peut-être le sentiment de Dieu plus vif et plus profond que tel philosphe qui, né dans l'Eglise chré-

---

[1]) Essai historique sur la société civile dans le monde romain et sur la transformation par le christianisme. Paris 1853. S. 363.

tienne, se contente pourtant d'abstractions onto-
logiques.

Am wohlthuendsten und anziehendsten sind
jedoch für das christliche Gemüth die häufig wieder-
kehrenden Schilderungen Gottes als der höchsten
Liebe und Güte. Als freundlich gesinnt und wohlwollend, als gnädig und barmherzig stellt Seneca
das Wesen Gottes dar, der dem Reuigen gern vergiebt, der nur straft, um zu bessern, und der in
Allem, was er thut, sich nur durch die Idee des
sittlich Guten bestimmen lässt. Auch Plato hat das
Wesen Gottes als die vorkommenste Liebe und als
das absolut Gute darzustellen versucht, und er, sowie
Seneca haben dadurch der christlichen Offenbarung
gleichsam ahnend vorausgegriffen. Bei Seneca erhält
diese Erkenntniss jedoch eine weit grössere Bedeutung
auf dem praktischen Gebiet des socialen Lebens, wie
bei Plato. Denn sowie sich überhaupt in seiner
Philosophie das Bestreben kund giebt, alle speculative
Erkenntniss für das praktische Leben fruchtbar zu
machen, so sieht er auch in der göttlichen Liebe und
Barmherzigkeit den wirksamsten Grund für das Verhalten des Menschen zu seinen Mitmenschen und
stellt mit wahrhaft christlicher Selbstverläugnung
und mit Ueberwindung alles einseitig Nationalen und
Partikularistischen den Grundsatz der allgemeinen
Nächstenliebe auf, die ohne Ansehung der Person,
des Standes, der Bildung und der Geburt alle Menschen als Brüder betrachtet und auch im Sclaven die
Menschenrechte anerkennt [1]. Als mild und freund-

----

[1] Seneca hat zwar ebenso wenig, wie der neutestamentliche

lich sollen wir uns das Wesen der Gottheit denken Lact. inst. VI, 25, 3 „vultis deum cogitare magnum et placidum et majestate leni verendum, amicum et semper in proximo."

Die Götter können weder schaden, noch wollen sie es; denn ihr Wesen ist Güte und Liebe de natura II, 27: „Quaedam sunt, quae nocere non possunt nullamque vim nisi beneficam et salutarem habent, ut dii immortales, qui nec volunt obesse, nec possunt. Natura enim illis mitis et placida est tam longe remota ab aliena injuria, quam a sua." Ep. 95, 49: „Quae cansa est dis benefaciendi? natura. Errat, si quis illos putat nocere nolle: non possunt." — Bei Allem, was Gott thut, ist die Bethätigung seiner Liebe seine einzige Absicht, und darum ist auch die Erschaffung der Welt eine freie That der Allmacht und der Liebe Gottes ep. 65, 9: „haec omnia (sc. causas) mundus quoque, ut ait Plato, habet: facientem: hic deus est . . . . . . Quaeris quid sit propositum deo? (sc. in mundo faciendo) Bonitas est. Ita certe Plato ait: „Quae deo faciendi mundum fuit causa? bonus est: bono nulla cujusquam boni invidia est. Fecit itaque quam optimum potuit." Wenn er den Kaiser zur Milde und Grossmuth ermahnt, so stellt er ihm das Beispiel der Götter vor Augen, die ihre Macht

---

Kanon die Aufhebung der Sclaverei direct gefordert; aber mehr noch, als jener, dringt er auf schonende und humane Behandlung dieser Unglücklichen, und das, was er hierüber, sowie über die Verwerfung der ruchlosen Gladiatorenspiele geschrieben hat, gehört zu dem Besten, was das ganze philosophische Alterthum hervorgebracht hat. Vgl. namentlich: de clem. I, 18. de benef., III, c. 18—28. ep. 31, 47, 76 etc. Ueber die Gladiatorenspiele ep. 7. ep. 95, 33 (homo sacra res homini), de tranq. an. 2 etc.

nur durch Wohlthaten offenbaren; je mehr ein Fürst frei von dem kleinlichen Gefühl des Hasses und der Rache Gnade und Milde walten lässt, um so ähnlicher wird er den Göttern. De clem. I, 5, 7: „Deorum itaque sibi animum adserens princeps alios ex civibus suis, quia utiles bonique sunt, libens videat, alios in numero relinquat. quosdam esse gaudeat, quosdam patiatur." Wie die Macht des Regenten ein Abglanz der göttlichen Allmacht ist, so soll dieser auch in dem Gebrauch derselben die Götter als sein Vorbild betrachten; zum Wesen der Götter gehört aber die Güte so nothwendig, dass wir uns ohne diese keine richtige Vorstellung von Gott zu machen vermögen.

Wenn schon das ganze Walten in der Natur das freundliche und wohlwollende Wesen Gottes bezeugt, so ist es doch vorzugsweise der Mensch, dem gegenüber er sich als die vollkommenste Liebe offenbart. Denn den Menschen hat Gott zum Herrn der Schöpfung gemacht, mit zärtlicher Liebe sorgt er für ihn und erfreut ihn mit unzähligen Gaben, die sein Leben verschönern, und ihm allein hat er auch geistige Gaben verliehen, die er selbst in ihm entwickelt de benef. II, 29, 4: „Proinde quisquis es iniquus aestimator sortis humanae, cogita, quanta nobis tribuerit parens noster, quanto valentiora animalia sub jugum miserimus etc. 29, 6: „Ita est: carissimos nos habuerunt di immortales." IV, 4, 3: „Quis est autem tam miser, tam neglectus, quis tam duro fato et in poenam genitus, ut non tantam deorum munificentiam senserit? V, 1 neque enim necessitas tantummodo nostris provisum est: usque in delicias

amamur." VI, 6: „Insita sunt nobis omnium aetatum omniumque artium semina magisterque ex occulto deus producit ingenia."

Der Vorzug seiner Theologie besteht aber, wie wir schon früher erwähnten, darin, dass er nicht bei einer bloss theoretischen Betrachtung stehen bleibt, sondern dass er die Eigenschaften des persönlich gedachten Gottes als ebenso viele Bestimmungsgründe für seine Handlungsweise anerkennt. Die Güte und Liebe Gottes soll den Menschen zum Vorbilde dienen; wie uns Gott ohne unser Verdienst nur aus Liebe mit Wohlthaten überhäuft, so sollen auch wir uns hülfreich und wohlwollend gegen unsere Mitmenschen erweisen und dadurch Gott ähnlich zu werden suchen. de benef. IV, 25, 1: „Propositum est nobis secundum rerum naturam vivere et deorum exemplum sequi: di autem, quodcumque faciunt, in eo quid praeter ipsam faciendi rationem sequuntur? Nisi forte illos existimas fructum operum suorum ex fumo extorum et turis odore percipere. Vide quanta quotidie moliantur, quanta distribuant, quantis terras fructibus inpleant .... omnia ista sine mercede, sine ullo ad ipsos perveniente commodo faciunt. Hoc nostra quoque ratio, si ab exemplari suo non aberrat, servet, ne ad res honestas conducta veniat."

Wie aber das Christenthum den Werth des sittlich Guten allein nach der Gesinnung bemisst, so stellt auch Seneca das Verhalten des Menschen zu seinen Mitmenschen allein unter diesen Gesichtspunkt, und es treffen die Vorschriften, die Seneca hierüber in seiner ausführlichen Schrift de benef. giebt, so vollständig mit den Lehren des Christenthums überein,

dass die Gesinnung, welche er unter dem Namen der Wohlthätigkeit von uns fordert, praktisch vollkommen gleichbedeutend ist mit dem Gebot der christlichen Liebe. De benef. I, 5, 2: Non potest beneficium manu tangi sed animo geritur. Multum interest inter materiam beneficii et beneficium. Itaque nec aurum nec argentum nec quicquam eorum, quae pro maximis accipiuntur, beneficium est, sed ipsa tribuentis voluntas .... Haec quae tenemus, quae adspicimus, in quibus cupiditas nostra haeret, caduca sunt. Auferre nobis ea et fortuna et injuria potest: beneficium vero etiam amisso eo, per quod datum est, durat. Est enim recte factum, quod inritum nulla vis efficit." — De benef. I, 6, 1: „Quid est ergo beneficium? benevola actio tribuens gaudium capiensque tribuendo, in id quod facit prona et sponte sua parata. Itaque non quid fiat aut quid detur refert, sed qua mente, quia beneficium non in eo quod fit aut datur consistit, sed in ipso dantis aut facientis animo." — Nicht in ihrer Grösse, sondern in der Gesinnung des Gebers besteht der Werth der Gabe; auch eine kleine Gabe kann durch die Art, wie sie gegeben wird, eine herzliche Freude bereiten. De benef. I, 7, 1: Si beneficia in rebus, non in ipsa benefaciendi voluntate consisterent, eo majora essent, quo majora sunt, quae accipimus. Id autem falsum est: nonnunquam enim magis nos obligat qui dedit parva magnifice, qui „regum aequavit opes animo", qui exiguum tribuit sed libenter etc. Wenn aber Seneca die Forderung einer aus der reinsten Gesinnung entspringenden Wohlthätigkeit an uns stellt, von der auch der Schlechte und selbst der Feind nicht ausgeschlossen sein soll (de otio sap.

c. 28), wenn er dazu ermahnt, im Geheimen wohlzuthun (de benef. II, 9) und sich durch Undankbarkeit nicht beirren zu lassen, so stellt er hierzu das Beispiel der Götter vor Augen, die ihre Sonne aufgehen lassen über Gerechte und Ungerechte, und die auch den Frevler an den Wohlthaten Theil nehmen lassen, die sie täglich den Menschen erweisen. De benef. IV, 26: „Si deos, inquit, imitaris, da et ingratis beneficia, nam et sceleratis sol oritur et piratis patent maria." De benef. IV, 28: Di quoque, inquit, multa ingratis tribuunt .... Deus quaedam munera universo humano generi dedit, a quibus excluditur nemo. Nec enim poterat fieri, ut ventus bonis viris secundus esset, contrarius malis: commune autem bonum erat patere commercium maris et regnum humani generis relaxari. Nec poterat lex casuris imbribus dici, ne in malorum improborumque rura defluerent."

Wenn aber unsere Wohlthaten mit Undank belohnt werden, so sollen wir auch dann das Beispiel der Götter befolgen, die wie liebevolle Eltern, welche zu den Schmähungen ihrer Kindlein lächeln, nicht aufhören, ihre Wohlthaten auf Undankbare zu häufen und denen wohlzuthun, welche den Urheber ihres Glücks nicht kennen: de benef. VII, 31, 2: „Non est mihi relata gratia, quid faciam? quod di, omnium rerum optimi auctores, qui beneficia ignoranti dare incipiunt, ingratis perseverant. Alius illis obicit neglentiam nostri, alius iniquitatem .... nihilominus tamen more optimorum parentum, qui maledictis suorum infantium adrident, non cessant di beneficia congerere de beneficiorum auctore dubitantibus, sed aequali tenore bona sua per gentes populosque distri-

buunt unam potentiam sortiti, prodesse: spargunt opportunis imbribus terras, maria flatu movent, siderum cursu notant tempora, hiemes aestatesque interveniente leniore spiritu molliunt. Errorem labentium animorum placidi ac propitii ferunt." —

Es weht uns aus den Schriften Seneca's ein so befreundeter Geist entgegen, und es sind die Vorstellungen, die er über die Gottheit ausspricht, so rein und erhaben, dass es oft scheint, als könnte nur ein dem christlichen Ideenkreise angehöriger Mann so gedacht und empfunden haben. Oder ist es nicht echt christlich, dass er die Liebe als das Wesen Gottes bezeichnet, der als ein liebevoller Vater seine Kinder unaufhörlich mit Wohlthaten überhäuft? Wie der Christ sich des Glaubens getröstet, dass ohne den Willen des Vaters kein Haar von seinem Haupte fällt, so lehrt auch Seneca das Walten einer gütigen Vorsehung, die uns fortwährend Beweise ihrer wohlwollenden Fürsorge giebt, und von der sich der Mensch fort und fort alles Guten zu versehen hat. Noch mehr aber nähert er sich dem christlichen Standpunkt dadurch, dass er auch in Leiden und Prüfungen sein Vertrauen bewährt und im Unglück nicht das blinde Walten des Fatums oder den Neid der Götter, sondern die pädagogische Wirksamkeit eines liebenden Vaters erkennt, der mit wohlüberlegter Strenge Die züchtigt, welche er liebt und Denen, die ihm vertrauen, alles zum Besten gereichen lässt. Die Guten erzieht Gott wie ein strenger Vater durch die Schule des Unglücks zur Tugend; er verweichlicht sie nicht, sondern läutert sie im Feuer der Trübsal und macht sie reif zu ihrer hohen Bestim-

mung. De prov. I, 5: „bonus discipulus ejus (sc. dei) aemulatorque et vera progenies, quam parens ille magnificus, virtutum non lenis exactor, sicut severi patres durius educat .... Idem tibi de deo liqueat. Bonum virum in deliciis non habet: experitur, indurat, sibi illum parat. — II, 6: Patrium deus habet adversus bonos viros animum et illos fortiter amat et: operibus, inquit, doloribus, damnis exagitentur, ut verum colligant robur.“

Wie das Gold im Feuer geläutert und von Schlacken gereinigt wird, so stählt und kräftigt das Unglück die Tapfern. De prov. V, 10: „Ignis aurum probat, miseria fortes viros. Darum können Leiden und Kämpfe Dem, welcher nach Vollkommenheit strebt, nicht erspart werden; sie sind ein Kampfplatz, auf dem sich seine Tugend entwickelt und kräftigt und nothwendig zur Uebung seiner sittlichen Kraft. „Vide quam alte escendere debeat virtus: scies illi non per secura vadendum.“

Für den Guten sind daher die äusseren Uebel kein Unglück und keine Strafe; sie kommen von Gott und sind Beweise seiner erziehenden Liebe; sie sind das Mittel sittlicher Bewährung und Vervollkommnung, ohne das seine Kraft erlahmen würde und darum heilsamer, als ein beständiges Glück. De prov. II, 4; IV, 3; II, 6 etc. In diesem Bewusstsein unterwirft sich Seneca vertrauensvoll und willig der göttlichen Vorsehung, wie er dies so schön in ep. 96, 2 ausspricht: „Schenkst Du mir Glauben, wenn ich Dir meine innersten Gefühle aufschliesse, so wisse: In Allem, was widerwärtig und hart erscheint, habe ich

mich so gewöhnt: Ich gehorche Gott nicht, sondern stimme ihm bei, ich folge ihm von Herzen, nich weil ich muss. Nichts wird mir je zustossen, was ich traurig aufnähme und mit übler Miene, keinen Tribut werde ich mit Widerwillen entrichten, Alles aber, wobei wir seufzen, wovor wir erschrecken, ist ein Tribut des Lebens." Wie am Schluss dieser Stelle, so gehen auch sonst häufig die Begriffe von Fatum und Vorsehung in einander über; aber verkennen lässt es sich nicht, dass seine Abhandlungen über diesen Gegenstand im Allgemeinen durchaus den Eindruck einer dem Christenthum nahe verwandten Anschauungsweise zürücklassen.

Wie der Christ von dem Bewusstsein durchdrungen ist, dass er zu seiner sittlichen Vervollkommnung des göttlichen Beistandes nicht entbehren kann, so ist auch bei Seneca der Glaube an die eigene Kraft zur Erreichung dieses Zieles tief erschüttert, und mit so schönen Farben er auch das Bild des Weisen auszumalen versteht, so gesteht er doch bereitwillig ein, dass dies ein Ideal ist, was bei der menschlichen Schwäche und Ohnmacht niemals erreicht werden kann. Mehr, als irgend ein anderer der gleichzeitigen Schriftsteller ist er gebeugt durch das Gefühl des menschlichen Schuldbewusstseins, das in Allen vorhanden ist und von dem sich Keiner freizusprechen vermag. „Wollen wir über Alles billig und unpartheiisch urtheilen, so müssen wir uns vor Allem davon überzeugen, dass Keiner von uns ohne Schuld ist" de ira II, 28, 1. — ibid. 3: „Wer ist es, der von sich sagen kann, er sei allen Gesetzen gegenüber ohne Schuld? Und wenn es auch so wäre,

welche beschränkte Unschuld ist es, dem Gesetze nach gut zu sein? Wie geht doch der Umfang der Pflichten viel weiter, als die Regel des Rechtes! Wie vieles fordert die Frömmigkeit, die Menschenliebe, die Freigebigkeit, die Treue, welches alles auf den Tafeln der bürgerlichen Gesetze nicht steht! Doch nicht einmal der so beschränkten Formel der Unschuld können wir uns gegenüberstellen."

Wenn daher Seneca durch seine tiefe Selbsterkenntniss das Vertrauen in die eigene Kraft und die Allmacht des Willens verloren hat, und wenn er im Gefühl der menschlichen Ohnmacht und Hülfsbedürftigkeit zu der Erkenntniss gekommen ist, dass ohne göttlichen Beistand Niemand gut zu sein vermag — ep. 41, 2 bonus vir sine deo nemo est — so richtet er sich andererseits doch auf durch den Glauben, dass die Götter nicht theilnahmlos diesem Kampf des Menschen zusehen, sondern dass sie ihm beistehen in seiner Schwachheit und ihm ihre Hülfe gewähren bei seinem Ringen nach Vervollkommnung. Ep. 73, 15: „Die Götter sind nicht stolz, nicht missgünstig; sie reichen den Aufsteigenden die Hand. Du wunderst Dich, dass der Mensch zu den Göttern gehe! Gott kommt zu den Menschen; ja, was noch näher ist, er kommt in die Menschen. Es ist kein gutes Gemüth ohne Gott." Ep. 52, 2 „nemo per se satis valet, ut emergat: oportet manum aliquis porrigat, aliquis educat." — Ep. 41, 2 bonus vir sine deo nemo est; ille dat consilia magnifica et erecta." —

Für uns, denen eine vollkommene Offenbarung des göttlichen Wesens durch Christum zu Theil geworden ist, erscheinen diese Gedanken als etwas

Natürliches und beinahe Selbstverständliches; aber wir dürfen nicht vergessen, dass sich Seneca, der heidnische Philosoph, der Wahrheit nur näherte, weil er sie aufrichtig und mit reinem Herzen suchte; es war seine Liebe zu Gott, die ihn so tief in die Erkenntniss des göttlichen Wesens eindringen liess. Er spricht von einer verzeihenden Gnade Gottes, der nicht erbarmungslos gegen den Sünder verfährt und nur die strafende Gerechtigkeit walten lässt, sondern dem Reuigen gern vergiebt und ihm Zeit zur Besserung lässt. In der Schrift de clementia ermahnt er seinen kaiserlichen Zögling, im Gedanken an die allen Menschen gemeinsame Schuld und Mangelhaftigkeit mit Nachsicht und Milde zu regieren und Gerechtigkeit mit Gnade zu vereinen; denn das menschliche Gemüth sei von Natur widerspenstig und zum Verbotenen und Gefährlichen strebend — de clem I, 24, 2 „natura contumax est humanus animus et in contrarium atque arduum nitens" — und es gäbe Niemanden, der so wohlgefällig auf seine Unschuld blicke, dass ihn nicht der Anblick der Gnade erfreue, die der menschlichen Schwachheit entgegenkommt" de clem. I, 1, 9. — Den Göttern möge er ähnlich zu werden suchen, die gegen unsere Sünden und Verirrungen nicht unerbittlich sind und so gegen seine Unterthanen verfahren, wie er wünsche, dass die Götter gegen ihn seien: de clem. I, 7, 1 „expedit ergo habere inexorabilia peccatis atque erroribus numina? ...... Quod si di placabiles et aequi delicta potentium non statim fulminibus persequuntur" etc. — Seneca definirt im zweiten Theil seiner Schrift de clem. die Gnade in evangelischem

Sinn als diejenige Eigenschaft, welche heilen will, was geheilt werden kann und retten, was ohne die Dazwischenkunft der verzeihenden Gnade verloren gehen würde. Wenn er aber den Kaiser darauf hinweist, dass er den Göttern um so ähnlicher wird, je mehr er sein Volk durch die clementia beglückt, so folgt daraus, dass nach seiner Auffassung die verzeihende Gnade als ein nothwendiges Attribut der Gottheit gedacht werden muss.

Es erübrigt uns nur noch, die Ansichten, welche Seneca über die Gottesverehrung ausspricht, einer kurzen Betrachtung zu unterziehen. Wir haben schon früher darauf hingewiesen, wie geringschätzig er auf das Unwesen des damaligen Cultus herabsah, und dass er die allgemeine Sittenlosigkeit seiner Zeit als die natürliche Folge der unwürdigen Vorstellungen, die man von den Göttern hatte und des rein äusserlichen und oft unsittlichen Cultus betrachtete. Bei der erhabenen Anschauung über das Wesen Gottes, zu der Seneca gelangt war, lässt es sich nicht anders erwarten, als dass die Art der Gottesverehrung, welche er als die richtige bezeichnete, eine rein innerliche, der göttlichen Heiligkeit und Majestät entsprechende war, und in der That erinnern die Vorschriften, welche er hierüber giebt, an das Neutestamentliche Wort: „Gott ist ein Geist und die ihn anbeten, die müssen ihn im Geist und in der Wahrheit anbeten."

Denn Seneca betrachtet als die einzige Gott wohlgefällige Verehrung ein reines Herz und eine aufrichtige Gesinnung. Nicht Tempel, von Menschenhand erbaut, sind seine Wohnung; die ganze Welt ist

sein Tempel und allein an Grösse seiner würdig. Lact. inst. lib. VI, 25, 3: „vultisne vos deum cogitare magnum et placidum, amicum et semper in proximo, non immolationibus et sanguine multo colendum — quae enim ex trucidatione immerentium voluptas est — sed mente pura, bono honestoque proposito. non templa illi congestis in altitudinem saxis exstruenda sunt: in suo cuique consecrandus est pectore." — Die erste Bedingung zur wahren Gottesverehrung ist der Glaube an Gott und an seine Güte, Allmacht und Majestät; sein Wohlgefallen aber erwirbt man sich dadurch, dass man ihm nachahmt. ep. 95, 50: „Vor Allem ist es nöthig, an die Götter zu glauben, sodann ihre Majestät anzuerkennen und ihre Güte, ohne welche keine Majestät denkbar ist, zu wissen, dass sie es sind, welche der Welt vorstehen, Alles durch ihre Macht regieren, das menschliche Geschlecht beschützen und leiten, zuweilen um Einzelne sich bekümmernd .... Du suchst die Gnade der Götter? Sei gut! Wer sie nachahmt, ehrt sie genug."

Nicht durch äusserlichen Pomp und prachtvolle Götterbilder sollen wir sein Wohlgefallen zu erhalten suchen; denn Gott ist ein Geist und kein Bild vermag ihn würdig darzustellen; wer nach Vollkommbeit trachtet und sich zu ihm erhebt, der verehrt ihn so, wie Gott es will. ep. 31, 11: „exsurge modo et te quoque dignum finge deo.

Finges autem non auro et argento: non potest ex hac materia imago dei exprimi similis: cogita illos, cum propittii esent, fictiles fuisse."

Das Bewusstsein von der Heiligkeit und Majestät

Gottes soll den Menschen mit Ehrfurcht und heiliger
Scheu erfüllen, und nie soll der Mensch mehr von
Ehrfurcht durchdrungen sein, als wenn sein heiliger
Name genannt wird nat. quaest VII, 30, 1: „egregie
Aristoteles ait nunquam nos verecundiores esse de-
bere, quam cum de dis agitur."

Zweiter Abschnitt.

Seneca's Theologie in ihrer Uebereinstim-
mung mit dem Stoicismus.

Es wäre jedoch ein höchst einseitiges Verfahren,
wenn wir, um zu einer richtigen Beurtheilung der
Gottesidee unseres Philosophen zu gelangen, nur
eine Zusammenstellung derjenigen Stellen geben
wollten, aus denen sich eine dem Christenthum verwandte Denk- und Anschauungsweise ergiebt. Wir
haben schon früher erwähnt, dass sich Seneca, so
christlich auch manche seiner Aeusserungen über das
Wesen Gottes klingen mögen, dennoch häufig in
pantheistischen Reflexionen bewegt, und so gern wir
bereit sind, die nahe Verwandtschaft, welche in
mancher Beziehung zwischen seinem Gottesbegriff
und dem des Christenthums besteht, anzuerkennen,
ebenso wenig können wir es uns verbergen, dass er

noch oft in ein unsicheres Schwanken zwischen theistischen und pantheistischen Ansichten zurückfällt.

Das Eigenthümliche seines Gottesbegriff's besteht nämlich darin, dass er sich, wenn er das Wesen Gottes an und für sich betrachtet, nicht immer von dem materialistischen Pantheismus der Stoa völlig loszusagen vermag, während er der Gottheit, sobald er sie in Beziehung zur Welt und namentlich in ihrem Verhältniss zum Menschen betrachtet, überall solche Prädikate beilegt, die nur einem persönlichen Wesen zukommen können. Wie die Stoiker Gott und Natur nur als verschiedene Erscheinungsformen ein und desselben Urwesens betrachteten und nur eine relative Verschiedenheit derselben anerkennen wollten, so sind auch die Definitionen Seneca's selbst da, wo er sich bemüht, Gott und Welt als wesentlich verschieden aufzufassen, oft nicht frei von pantheistischen Nachklängen. Gott, Vorsehung, Fatum, Natur, Welt sind Begriffe, die bei ihm noch häufig in einander übergehen; so äussert er nat. quaest. II, 45, 2: „vis illum fatum vocare, non errabis. hic est, ex quo suspensa sunt omnia, causa causarum. vis illum providentiam dicere: recte dices . . . . . vis illum naturam vocare: non peccabis . . . . vis illum vocare mundum: non falleris." — „Was ist die Gottheit" fragt er nat. quaest. I, 13 und antwortet: „Die Seele des Alls". „Was ist die Gottheit? Das Ganze, das Du siehst und nicht als Ganzes siehst. Dann erst wird ihr ihre eigenthümliche Grösse zuerkannt, über welche hinaus sich nichts Grösseres denken lässt, wenn sie Alles allein ist, wenn sie ihr Werk von aussen und innen beherrscht. Was ist also der Unterschied zwischen dem Wesen der Gottheit und dem unsrigen? Der edlere Theil von uns ist der Geist, in Gott ist nichts, als Geist. Er ist ganz Vernunft, während sterbliche Wesen so sehr vom Irrthum befangen sind, dass die Menschen das, was doch das Allerhöchste, Geordnetste, und Planmässigste ist, für etwas Zufälliges, nach einem Ungefähr Veränderliches halten. . . . . Bedenke doch, wieviel darauf ankemmt, dies zu erkennen und Allem seine Grenze zu bestimmen; wieviel Gott könne, ob er die Materie bilde oder die gegebene verwende? Ob die Idee sich mit der Materie verbinde, oder die Materie mit der Idee, ob Gott schaffe, was er will oder bei Vielem der zu behandelnde Stoff su mangelhaft für ihn ist und von dem grossen Künstler Vieles schlecht gebildet ist, nicht weil seine Kunst es an sich fehlen lässt, sondern das, woran sie zur Auwendung kommt, der Kunst widerstrebt." Wie an dieser Stelle, so werden auch sonst häufig theistische und pantheistische Anschauungen ziemlich unvermittelt neben einander gestellt. Wenn er auf die Frage: „Was ist die Gottheit?" die Antwort giebt: „Die Seele des Alls — das Ganze, das Du siehst und nicht als Ganzes siehst", so ist hier in absolut pantheistischer Weise Gott mit der Natur und der ihr immanenten allgemeinen Vernunft indentificirt. Gleich darauf aber wirft er die Frage auf, ob Gott die Materie bilde, oder die gegebene verwende, und obgleich er sich für keine der beiden Annahmen entscheidet, so hat er doch, indem er die Erschaffung der Materie für mög-

lich hält, die Existenz eines persöulichen Gottes vor-
ausgesetzt.

Will uns Seneca von dem Dasein eines höchst
weisen, gütigen und vollkommenen Wesens überzeugen, so beruft er sich mit Vorliebe auf die Schönheit und zweckmässige Einrichtung in der Natur, in
der uns jeder Hain und jede Grotte mit einer Ahnung
des Göttlichen erfüllt; aber es ist doch oft nur das
unbestimmt Göttliche, der dunkle, nicht weiter er-
klärbare Naturgrund, auf den sein Beweis hinaus-
läuft, und wie für die Stoiker trotz ihrer vielfachen
Hervorhebung der Weisheit Gottes, seiner Menschen-
freundlichkeit, Güte und Liebe Gott und Welt dennoch
dem Wesen nach Eins waren, so begegnet es auch
Seneca häufig, dass er über die Naturseite des stoischen
Gottesbegriffs nicht hinwegzukommen vermag, und bei
der Idee des Göttlichen stehen. bleibt, von dem sich
der Begriff eines persönlichen, von der Natur ver-
schiedenen Gottes erst lostrennen muss. „Wenn Du
in einen Hain trittst“, sagt er in ep. 43, 3, „der dicht
besetzt mit alten und die gewöhnliche Grösse über-
schreitenden Bäumen Dir durch die Verzweigung der
einander deckenden Aeste den Anblick des Himmels
entzieht, so ruft dieser hoch aufgeschossene Wald,
die Stille des Orts, die Bewunderung des dichten und
ununterbrochenen Schattens in der offenen Gegend
in Dir den Glauben an eine Gottheit hervor; und
wenn Du eine Grotte erblickst, die mit ihrem aus-
gehöhlten Gestein tief hinein den Berg spaltet, die
nicht von Menschenhänden gemacht, sondern durch
natürliche Ursachen zu solcher Weite ausgedehnt ist,

so muss Deine Seele eine Ahnung des Göttlichen ergreifen."

Seneca ist sich im Allgemeinen wohl bewusst, wie das Wesen eines persönlichen Gottes seiner Idee nach gedacht werden muss, und wie wenig der stoische Gott, „der weder Kopf noch Herz hat", das menschliche Herz zu befriedigen vermag. Dennoch lässt sich eine gewisse Dunkelheit und Unsicherheit in seinem Gottesbegriff nicht verkennen, und es verliert derselbe bisweilen so sehr alle objective Realität, dass sich Seneca sogar zu einer Vergleichung des Weisen mit Gott verirren kann, in welcher ersterer nicht nur neben, sondern geradezu über Gott gestellt wird. So äussert er in ep. 53, 11: „Es giebt etwas, wodurch der Weise Gott übertrifft: Dieser verdankt der Natur seine Furchtlosigkeit, der Weise verdankt sie sich selbst." In der Schrift De prov. VI, 6 erklärt Jupiter sogar selbst den Weisen, dass sie durch würdige Ertragung des Unglücks ihn übertreffen können: „Hier ist der Punkt, in dem ihr über der Gottheit stehen könnt: Jene ist von dem Dulden der Uebel ausgeschlossen, ihr seid darüber erhaben." — Wie wenig Werth wir jedoch auf derartige Uebertreibungen zu legen haben, und wie wenig sie Seneca's eigener Ueberzeugung entsprechen, geht schon daraus hervor, dass nach seinem eigenen Eingeständniss der ideale Weise gar nicht existirt. De tranqu. an. 7, 4: „Ubi enim istum invenies (sc. sapientem), quem tot saeculis quaerimus?" Ep. 42, 1: „Nam ille alter (sc. sapiens) fortasse tamquam phoenix semel anno quingentesimo nascitur." In ep. 14, 12 ff. wird der sonst als Ideal stoischer Weisheit gepriesene Cato darüber getadelt, dass er sich in den Kämpfen seiner Zeit nutzlos aufgeopfert habe, und an anderen Orten z. B. De benef. I, 19 fordert Seneca dazu auf, dass wir den Göttern folgen sollen, soweit die menschliche Schwachheit dies erlaubt. „Hos sequamur duces, quantum humana imbecillitas patitur.“

Bei Seneca ist überhaupt der Glaube an die Macht des Willens und der Einsicht, tief erschüttert; er spricht von einem allgemeinen Wahnsinn, der es schwer macht, der Natur gemäss zu leben ep. 49, 9; er erkennt, wie wir schon früher sahen, eine allgemeine Sündhaftigkeit und ein tief in der menschlichen Natur wurzelndes Verderben an; seine Klagen über die menschliche Schwachheit und seine Zugeständnisse an dieselbe beziehen sich ausdrücklich auch auf den Weisen, z. B. ep. 57, 4: „quaedam nulla effugere virtus potest; admonet illam natura mortalitatis suae“, — vgl. auch ep. 11, 1 und 71, 29 — und an die Stelle des stolzen stoischen Selbstvertrauens ist eine aufrichtige Selbsterkenntniss getreten, in der er erklärt, dass ohne göttlichen Beistand Niemand gut zu sein vermag z. B. ep. 73, 16 „nulla sine deo mens bona est“ u. a. m. Darnach lässt sich denn auch der Werth seiner declamatorischen Uebertreibungen, in denen er Gott und den Weisen auf dieselbe Höhe stellt, bemessen, und so wenig wir an seiner Aufrichtigkeit zweifeln können, wenn er das Bild des Weisen begeistert und mit glänzenden Farben ausmalt, ebenso fest sind wir davon überzeugt, dass er nur in einer vorübergehenden Stimmung durch seine pathetische Beredtsamkeit dazu fortgerissen derartige Ansichten der alten Stoa wiederholen konnte,

denen seine eigene Ueberzeugung und sein sittliches
Bewusstsein fremd gegenüber stand. Damit soll aber
keineswegs gesagt werden, dass die mangelhafte Con-
sistenz seines Gottesbegriffs ohne nachtheilige Folgen
geblieben sei; es ist vor Allem das Mangelhafte seines
religiösen Abhängigkeitsgefühls, das uns als die natürliche Folge jener unklaren und unbestimmten Vorstellungen, die er von Gott hatte, entgegentritt, und
die ihn in der Sünde weniger eine Uebertretung des
auf göttlicher Autorität beruhenden Gebotes, als eine
Schädigung und Beeinträchtigung seiner eigenen
Interessen erkennen lässt, wie denn auch bei Seneca
die Thorheit als das Gegentheil der Weisheit dieselbe
Bedeutung hat, wie im Christenthum die Sünde.
Während für das christliche Bewusstsein die Liebe
zu Gott auf's Innigste mit der Furcht vor dem heiligen und gerechten Richter verbunden ist, bezeichnet
Seneca die Gottesfurcht als eine Thorheit, deren sich
kein vernünftiger Mensch schuldig machen wird. De
benef. IV, 19, 1: „Die Götter fürchtet wohl kein vernünftiger Mensch. Wäre es doch Wahnsinn, das zu
fürchten, was segensreich ist, und kein vernünftiger
Mensch liebt die, welche er fürchtet." — Seneca
hatte vielleicht ein tieferes Gefühl für das allgemeine
Schuldbewusstsein, als irgend ein anderer dem heidnischen Alterthum angehöriger Denker; aber die Vorstellung, welche der Christ mit der Sünde verbindet
als einer Auflehnung gegen Gott und gegen seinen
geoffenbarten Willen, konnte Seneca, dessen Gottesbegriff nur ein aus dem unmittelbaren Selbstbewusstsein hervorgegangener war, noch nicht haben, und
das um so weniger, als es ihm nicht gelang, sich zu

der zweifellosen Ueberzeugung von der absoluten
Persönlichkeit Gottes durchzuringen. Es fehlt daher
seinem Begriff von der Sünde die lebendige Beziehung
zu Gott, und wenn er auch, wie wir früher sahen,
von den Göttern als den gerechten Richtern spricht, die
in's Verborgene schauen, wenn er sogar in dem Tode
ein göttliches Strafgericht sieht, dem der Mensch
früher oder später anheimfällt[1]), so beruhen doch
derartige Aeusserungen auf einer wesentlich anderen
religiösen Anschauung, als gleiche und ähnlich lautende
Stellen des Neutestamentlichen Kanons.

Wenn uns schon Seneca's Auffassung von Wesen
der Sünde wegen der darin fehlenden Beziehung zu
Gott nur wenig befriedigen kann, so fühlt sich das
christliche Gemüth geradezu abgestossen durch seine
Lehre vom Selbstmord, den er nicht nur als eine
gerechtfertigte, sondern unter Umständen sogar höchst
verdienstvolle That darzustellen versucht. So be-
fremdend uns jedoch bei seiner sonst so geläuterten
sittlich-religiösen Anschauung eine derartige Anomalie
erscheinen muss, so erklärt doch auch sie sich daraus,
dass sich noch zu viele dunkle und unbestimmte
Vorstellungen mit seinem Gottesbegriff verbinden, als
dass sein religiöses Abhängigkeitsgefühl ein sicher
gegründetes, seine religiöse Handlungsweise allein
bestimmendes hätte werden können. Dass Bewusstsein der unbedingten Abhängigkeit von Gott, dem
der Mensch als dem Urheber seines Daseins zu ab-
solutem Gehorsam verpflichtet ist, kann nur derjenige

---

[1]) nat. quaest. II, 29, 6: „Wir Alle sind für den Tod aufge-
spart . . . . . Ueber Alle ist die Todesstrafe verhängt, und zwar
mit vollster Gerechtigkeit."

empfinden, der in seinem Glauben an einen persönlichen Gott über jeden Zweifel erhaben ist. Je mangelhafter sich jedoch in dieser Beziehung sein Gottesbegriff gestaltete, um so mehr musste sich neben seinem religiösen Abhängigkeitsgefühl das Bewusstsein der eigenen Autonomie geltend machen. Das stoische Princip, dass der Mensch bereit sein soll, Alles, und somit, wenn es sein muss, auch das Leben der Idee des sittlich Guten freiwillig zum Opfer zu bringen, wird auch der Christ nur billigen können. Während der Christ jedoch nur in der objectiven Macht der Verhältnisse, denen er sich nicht entziehen kann, den Willen Gottes erkennt und durch seine Unterwerfung unter den göttlichen Rathschluss die höchste Prüfung des Gehorsams gegen Gott besteht, glaubt Seneca sich berechtigt, nach eigenem Ermessen den Augenblick zu wählen, wo er durch die Vernichtung seiner leiblichen Existenz der Idee des sittlich Guten zum Siege verhilft, und er ist von der Berechtigung einer solchen That so überzeugt, dass er in der Schrift de prov. VI, 7 der Gottheit selbst die Worte in den Mund legt: „Vor allen Dingen habe ich dafür gesorgt, dass kein Mensch gezwungen ist, wider seinen Willen in der Welt zu leben. Der Ausgang steht offen; wollt ihr nicht kämpfen, so ist euch die Flucht erlaubt. Daher habe ich unter allen Dingen, deren Nothwendigkeit ihr unterworfen seid, keins so leicht gemacht, als das Sterben." — Vgl. auch ep. 77; de ira III, c. 15.

Es wäre unbegreiflich, wie Seneca, der in manchen Punkten den Lehren und Grundsätzen des Christenthums so nahe steht, zu einer solchen Verirrung gelangen konnte, wüssten wir nicht, dass er sich weniger von Gott, als von der göttlichen Weltordnung abhängig fühlte. Es ist der Mangel einer unmittelbaren göttlichen Offenbarung, der ihn nicht zu der Gewissheit der absoluten Persönlichkeit Gottes gelangen liess, und deshalb ist auch sein religiöses Abhängigkeitsgefühl kein so tief begründetes und absolutes, wie auf dem Standpunkt der Offenbarung.

Dritter Abschnitt.

Die neuesten Beurtheiler der Theologie Seneca's.

Es lassen sich daher in der Theologie Seneca's zwei wesentlich verschiedene Richtungen von einander unterscheiden, indem er einerseits im Anschluss an die Lehre der Stoa Gott als die allgemeine, nach sittlicher Zweckbestimmung wirkende Vernunft bezeichnet und die Gottheit mit der Natur und der sittlichen Weltordnung identificirt, andererseits aber analog dem christlichen Gottesbewusstsein die absolute Persönlichkeit Gottes hervorhebt und den abstracten Gottesbegriff durch die Prädikate, welche er ihm beilegt, belebt und vergeistigt. Geht man von der Voraussetzung aus, dass nur eine dieser beiden sich entgegenstehenden Anschauungen Seneca's eigener

Ueberzeugung entsprechen kann, so müssen sich bei der Beurtheilung seines Gottesbegriffs nothwendigerweise zwei verschiedene Urtheile ergeben, je nachdem man die eine oder die andere Art jener Aussagen als die allein massgebende betrachtet.

Wie schon in den ältesten Zeiten die Ansichten über den Werth der Philosophie Seneca's sehr getheilt waren und diese Meinungsverschiedenheit sich bis auf die Gegenwart erhalten hat, so haben auch insbesondere die Urtheile über die Bedeutung seiner Theologie niemals übereingestimmt; denn während man von der einen Seite in seiner Gottesidee keinen wesentlichen Fortschritt über den materialistischen Pantheismus der Stoa anerkennen wollte, [1] ja während Seneca von einigen geradezu für einen Atheisten erklärt wurde [2], haben Andere in seinen Schriften eine beinahe christliche Theologie entdecken wollen. [3]

In neuerer Zeit haben sich ausser Baur namentlich drei französische Gelehrte, Schmidt, Fleury und Aubertin durch ihre Schriften über Seneca's Philosophie verdient gemacht und sich auch eingehend mit der Frage beschäftigt, ob eine Bekanntschaft Seneca's mit dem Christenthum aus äusseren und inneren

---

[1] So urtheilt z. B. Aubertin in seiner 1857 zu Paris erschienenen Schrift: Étude critique sur les rapports supposés entre Sénèque et St. Paul.

[2] Siehe Brucker, historia critica philosophiae, t. II, p. 560.

[3] So nennen Fabricius und Heumann Seneca einen theologus christianus, und Troplong äussert in seiner Schrift de l'influence du christianisme auf Seite 76: „Il parle de Dieu avec le langage 'dun chrétien.

Gründen anzunehmen sei. Bekanntlich ist diese Frage schon früher vielfach erörtert worden; aber wenn wir in dem Urtheil jener vier Autoren das Urtheil unserer Zeit erkennen dürfen, so herrscht über dieselbe noch jetzt eine ebenso grosse Divergenz der Ansichten, wie früher. Denn während Schmidt und Fleury der Ansicht sind, dass der christliche Character der Philosophie Seneca's sich nur durch dessen Bekanntschaft mit dem Christenthum und namentlich mit paulinischen Lehren hinreichend erklären lasse, gelangt Baur zu dem entgegengesetzten Resultat und sucht zu beweisen, dass dasjenige, worin Seneca und Paulus übereinstimmen, nur als eine natürliche Entwicklung der stoischen Elemente und Principien zu betrachten sei, und Aubertin endlich findet, dass Seneca der entschiedenste Anhänger der stoischen Schule geblieben ist, und dass unter den alten Philosophen Cicero, Socrates und Plato, ja sogar manche Stoiker dem Christenthum weit näher gestanden haben, als Seneca.

Schmidt[1] kommt, nachdem er Seneca's Moralsystem besprochen hat, zu dem Schluss, dass die Thatsache eines persönlichen Verkehrs zwischen Seneca und dem Apostel Paulus als unzweifelhaft feststehend zu betrachten sei. Er äussert hierüber auf Seite 379: „Quant à nous, nous ne pensons pas qu'il puisse y avoir de doute sur l'origine des nouveautés qu'on remarque dans la morale de Sénèque;

---

[1] Essai historique sur la société civile dans le monde romain et sur sa transformation par le christianisme.

nous sommes ici en présence d'effets produits par l'influence de là charité chrétienne. Nous sommes heureux de nous rencontrer en cette opinion avec plusiers savants éminents de notre pays. Sans cette influence chrétienne, Sénèque est une énigme; et cette influence elle-même est loin d'être inexplicable. On sait que de bonne heure il y a eu des chrétiens dans la capitale de l'Empire; leur foi était „célèbre par tout le monde." Sénèque avait à peu près soixante ans lorsque Paul vint à Rome; l'apôtre y prêcha librement pendant deux années „dans une maison qu'il avait louée, où il recevait tous ceux, qui venaient le voir"; il fit des conversions même parmi les serviteurs de la maison de César; il eut à Rome un procès dans lequel il se defendit lui-même; il était remis à la garde du préfet du prétoire, et celui était Burrhus, l'ami de Sénèque. Il est difficile de croire que la nouveauté des doctrines prêchées par Paul et le bruit de son procès soient restés ignorés du philosophe curieux de s'enquerir de tout" etc. Weil sich also so vielfache Gelegenheit für Seneca darbot, den Apostel kennen zu lernen, desshalb muss er auch wirklich nach der Ansicht des französischen Gelehrten in einem sehr nahen Verhältniss zu Paulus gestanden haben. Dass aber ein solcher Verkehr und demzufolge auch ein Ideenaustausch zwischen Paulus und Seneca statt gefunden hat, davon giebt nach der Ansicht Schmidt's der christliche Gehalt so mancher Stellen in seinen Schriften und die Aehnlichkeit, die sich sogar im Ausdruck wahrnehmen lässt, den sichersten Beweis. S. 380: „Nous ignorons sans doute les

rapports que Sénèque a pu avoir avec Paul ou avec d'autres chrétiens. Mais il nous semble impossible de contester ces repports, en voyant l'étonnante analogie, non seulement des principes et des sentiments moraux, mais des expressions mêmes. Comment expliquer autrement le sens chrétien, tout à fait inconnu des écrivains antérieurs, dans lequel Sénèque prend certains mots, comme ceux de chair et de lutte de l'esprit contre la chair, d'esprit saint, d'ange, de félicité éternelle?" etc.

Obgleich es jedoch nach der Ansicht Schmidt's keinem Zweifel unterliegt, dass Seneca unter der directen Einwirkung des christlichen Einflusses gestanden hat, so will er dennoch diesen Einfluss nur auf dem Gebiet der Moral anerkennen; in seiner Lehre von Gott soll er sich noch nicht wesentlich über den Standpunkt der stoischen Schule erhoben haben, obgleich er ihn andererseits auch wiederum lebhaft gegen den Vorwurf des Atheismus vertheidigt. „Quant à son idée de Dieu lui-même, elle est encore fort vague; il reconnaît l'influence funeste du paganisme et la fausseté des dieux immoraux et impuissants .... Mais sur la nature même de ce Dieu, il reste flottant entre des opinions diverses." S. 363.

Das Resultat, zu dem Fleury[1] durch seine Untersuchungen gelangt, stimmt mit dem Urtheil Schmidt's in den meisten Punkten überein; Fleury geht nur

---

[1] Saint Paul et Sénèque, Recherches sur les rapports du philosophe avec l'apôtre et sur l'infiltration du christianisme naissant a travers le paganisme. Paris, in zwei Bänden, 1853.

noch etwas weiter, indem er sich nicht mit der Annahme eines freundschaftlichen Verkehrs zwischen
Paulus und Seneca begnügt, sondern den Philosophen
als geheimen Christen darzustellen versucht, der in
seinen Schriften, freilich ohne seine Quellen zu nennen,
die specifisch christlichen Lehren von der Dreieinig-
keit Gottes, der Schöpfung, Erbsünde, Gnade und
Wiedergeburt, den Sacramenten, der Taufe und der
Busse, den vier letzten Dingen mit der Auferstehung
des Fleisches und dem Gebet des Herrn entwickelt
und dessen Schilderung des idealen Weisen sich auf
Niemand anders, als auf Christum bezogen habe. Es
würde uns zu weit führen, wollten wir auf das ausführliche und in mancher Beziehung höchst lehrreiche
Werk näher eingehen; so bilden u. a. die mit grosser
Genauigkeit und Gelehrsamkeit durch alle Jahr-
hunderte hindurch zusammengestellten Zeugnisse und
Urtheile über Seneca's Christenthum einen sehr inter-
essanten Abschnitt seiner Schrift, I, S. 269—399.
Aber der Mangel einer voraussetzungslosen Kritik
macht sich bei Fleury noch weit fühlbarer, wie bei
Schmidt; nur zu häufig treten an die Stelle des ge-
schichtlich Wahren höchst willkürliche Combinationen
und Hypothesen. Wie Schmidt, so ist auch Fleury
davon überzeugt, dass der gemeinschaftliche Aufent-
halt in Rom auch nothgedrungen zu einem freundschaftlichen Verkehr zwischen Paulus und Seneca
führen musste. Das Wohlwollen, das Gallio, der
Freund und Bruder Seneca's, dem Apostel erwiesen
hatte, war für Paulus die beste Empfehlung, um sich
den damals noch so mächtigen Minister geneigt zu

machen, und er bedurfte den feindseligen Juden gegenüber bei seinem Process eines mächtigen Patrons. Vielleicht liess auch Seneca den Apostel zu sich rufen; denn es handelte sich ja um einen religiösen Process, und der Minister hatte die Pflicht, sich darüber zu instruiren, um sein Gutachten abgeben zu können. Von da an begannen die „conversions dans le personal intime du palais, conversions parmi lesquelles on a fait figurer celle de notre philosophe."

Aber Fleury bleibt bei diesen äusseren Beweisgründen nicht stehen, sondern er sucht auch durch eine sehr ausführliche Vergleichnug neutestamentlicher Stellen mit Citaten aus den Schriften Seneca's zu beweisen, dass Seneca nur den schriftlichen Urkunden des Christenthums und den mündlichen Belehrungen des Apostels seine durchaus christlichen Grundsätze und Lehren verdanken könne, und so kommt Fleury denn unbedenklich zu der Behauptung, dass Seneca ein Christ gewesen ist, dass er nur aus den neutestamentlichen Urkunden seine sittliche Energie geschöpft haben kann, und dass er aus ihnen sowohl den Inhalt, als auch die Form der Darstellung für seine Schriften geschöpft hat. So äussert er unter Anderem auf Seite 49 des ersten Bandes: „Enfin, bien qu'il ne le dise pas, il est chrétien, ainsi que nous croyons le démontrer, et c'est le néo-stoicisme déjà lui-même infusé de christianisme, c'est le christianisme qui donne à sa philosophie cette activité pratique dégagée des formes speculatives et didactiques, dont l'Evangile est le plus parfait modèle" etc.

Da Seneca ein Christ war und von Paulus seine
Belehrung empfing, so steht er natürlich auch in
seiner Lehre von Gott durchaus auf christlichem
Standpunkt; überraschend ist es nur, dass Fleury
auch den Glauben an die Trinität bei Seneca nach-
weisen zu können glaubt. Es ist die Stelle in der
Trostschrift an seine Mutter Helvia, cap. 8, 3, in
welcher Fleury den Glauben Seneca's an die Drei-
einigkeit Gottes ausgesprochen findet: „Quisquis formator universi fuit, sive ille deus est potens omnium,
sive incorporalis ratio ingentium operum artifex, sive
divinus spiritus per omnia maxima et minima aequali
intentione diffusus." Der allmächtige Gott ist der
Vater, die unkörperliche Vernunft ist der Sohn und
Logos als Weltschöpfer, der durch Alles gleichmässig
verbreitete göttliche Geist ist der heilige Geist. —
Freilich übersieht Fleury ganz, dass Seneca dieser
dreifachen Aussage über das Wesen Gottes noch eine
vierte unmittelbar folgen lässt — „sive fatum est
inmutabilis causarum inter se cohaerentium series" —,
wodurch die Stelle die Bedeutung eines christlichen
Glaubekenntnisses, die Fleury ihr beilegen möchte,
natürlich sofort verliert.

Im schroffsten Gegensatz zu Schmidt und Fleury
sieht Aubertin [1] in Seneca den consequenten Stoiker
und findet, dass er der christlichen Anschauung bei
weitem nicht so nahe steht, wie Plato und Socrates.
Wenn aber Fleury und Aubertin durch ihre Unter-

---

[1] Etude critique sur les rapports supposés entre Sénèque
et St. Paul par Aubertin. Paris, 1857.

suchungen zu dem entgegengesetzen Resultat kommen und beide ihre Anstcht durch Stellen aus Seneca's Schriften zu begründen suchen, so ist dies nur dadurch erklärlich, dass beide eine höchst einseitige Methode der Beweisführung eingeschlagen haben. Fleury geht von der Ansicht aus, dass Seneca ein Christ gewesen ist und hebt in seinem ausführlichen Inductionsbeweis vorzugsweise solche Stellen hervor, welche diese Ansicht unterstützen können. Aubertin dagegen, der Seneca als Stoiker auffasst, lässt nur solchen Aeusserungen, in welchen sich eine dem Pantheismus verwandte Anschauungsweise zu erkennen gibt, gehörige Beachtung zu Theil werden und sucht in oft stark hervortretender Weise die Bedeutung derjenigen Stellen abzuschwächen, in denen sich eine mehr theistische Haltung seines Gottesbegriffs bemerkbar macht. Die Frage, ob Seneca an einen Gott geglaubt habe, bejaht Aubertin allerdings; aber es soll doch nur der pantheistische Gott sein, der sich aus seinen Definitionen üer das Wesen der Gottheit ergibt. S. 184: „Sénèque croyait-il en Dieu? Oui, mais son Dieu n'est pas celui du chrtstianisme. Avec l'école stoique Sénèque est panthéiste, et cette opinion ressort des passages mêmes qu'on allégue pour prouver qu'il imite l'Evangile. On sait que suivant le dogme stoicien Dieu n'est pas autre chose que l'âme du monde répandue dans toutes les parties de l'univers, auquel elle communique le mouvement et la vie....... Sénèque adopte sans réserve une telle doctrine, si peu conforme au christianisme.“

Aubertin will Seneca das Verdienst nicht zuerkennen, in seiner Lehre von Gott irgendwie Bahn gebrochen zu haben; Alles, worin sein Gottesbegriff mit dem des Christenthums übereinstimmt, sollen andere Philosophen vor ihm schon ebenso gut und besser ausgesprochen haben. S. 190: „Ce que Sénèque ajoute sur la grandeur de Dieu et sa majesté invisible, sur son unité, sur le lieu qu'il occupe, avait été dit cent fois avant lui par Zénon et Chrysippe, par Platon et Pythagore, par Cicéron le disciple de tous les Grecs." Es folgen dann mehrere Beweisstellen aus den Schriften alter Philosophen, worauf Aubertin fortfährt: „De ces comparaisons il résulte, que Sénèque, quand il parle de l'existence de Dieu et de la création, n'est qu'un écho affaibli de la philosophie ancienne."

Auch die Lehre von der Vorsehung soll Seneca keineswegs in christlichem Sinne über den Stoicismus hinaus vergeistigt und vertieft haben. S. 200: „On a dit que Sénèque, seul de tous les anciens, avait entendu le gouvernement de la Providence au sens large et complet, qui est celui du christianisme, et qu'en cela il était le disciple non du Portique, mais des apôtres. C'est une double erreur" etc. etc. Mit Einem Wort: Seneca hat nach Aubertin's Ansicht keineswegs dem Christenthum vorgearbeitet, und unter den alten Philosophen stehen namentlich Socrates und Plato und sogar manche Stoiker demselben weit näher, als jener: „Il n'en (sc. de la puissance divine) parle pas toujours en termes convenables, et s'éloigne du dogme chrétien beaucoup plus que Socrate et Platon." —

Die gerechteste Würdigung hat unstreitig von Baur [1] Seneca zu Theil werden lassen. Er erkennt wiederholt an, dass Seneca den Lehren und Grundsätzen des Christenthums weit näher steht, als irgend ein anderer der alten Philosophen; aber er ist dennoch der Ansicht, dass wir zur Annahme positiv christlieher Elemente bei Seneca keine Veranlassung haben. Er weist vielmehr nach, dass dasjenige, worin Seneca und Paulus übercinstimmen, als eine natürliche Entwicklung der stoischen Elemente und Prinzipien zu betrachten ist, und dass alle Lehren seiner Philosophie, die einen christlichen Charakter zu haben scheinen, nicht als eine schon vom Christenthum ausgegange Wirkung, sondern als eine zu ihm erst führende, auf der nächsten Uebergangsstufe stehende Entwicklung anzusehen sind.

Hinsichtlich seines Gottesbegriffs erkennt er namentlich die theistische Haltung desselben an und das mit demselben verbundene religiöse Gefühl der Abhängigkeit, wodurch seine Gottesidee in die nächste Beziehung zum christlichen Gottesbewusstsein gebracht wird. Er widmet die eingehendsten Betrachtungen den zahlreichen Stellen, in welchen Seneca das Wesen der Gottheit als freundlich gesinnt und wohlwollend, als verzeihend und gnädig dargestellt hat, und auch nach seiner Ansicht hat Seneca

---

[1] „Seneca und Paulus, das Verhältniss des Stoicismus zum Christenthum nach den Schriften Seneca's", in der Zeitschrift für wissenschaftliche Theologie, herausgegeben von Hilgenfeld, I. Jahrg. 1858, 2. und 3. Heft.

vorzugsweise die Liebe als das Wesen der Gottheit bezeichnet.

Baur verschweigt jedoch auch die Mängel nicht, welche seiner Theologie noch anhaften, indem er darauf hinweis't, dass Seneca noch sehr oft den Begriff der absoluten Persönlichkeit Gottes nicht durchzuführen weiss, dass Gott und Natur noch oft für ihn dieselben Begriffe sind, und dass somit seine Gottesidee noch oft der objectiven Realität ermangelt.

Vierter Abschnitt.

Resultat.

Blicken wir, um zu einem Urtheil über die Theologie Seneca's zu gelangen, auf das bisher Gesagte zurück, so wird sich uns zunächst die Wahrnehmung aufdrängen, dass sich in seiner Lehre von Gott zwei wesentlich verschiedene Richtungen von einander unterscheiden lassen. Fasst er Gott in seinem Verhältniss zur Welt und zum Menschen auf, so sind seine Aussagen meist von der Art, dass sie auch auf christlichem Boden entstanden sein könnten. Denn Seneca kennt, wie wir uns zu zeigen bemüht haben, nur Einen persönlichen Gott, der als rein geistiges Princip der Materie frei gegenüber steht, der vermöge seiner Allmacht aus der qualitätlosen Materie die Welt erschaffen hat, der frei ist von den Schranken des Raumes und der Zeit, der vermöge seiner Allwissenheit auch in das Verborgenste sieht, und dessen Allweisheit sich durch die Erhaltung und Regierung der Welt in der wohlthätigsten Weise offenbart. Noch mehr jedoch nähert er sich der christlichen Anschauung durch die Hervorhebung der moralischen Eigenschaften Gottes, seiner Heiligkeit, Gerechtigkeit, Liebe und Güte, und es ist selbstverständlich, dass solche Vorstellungen nur aus dem Glauben an einen persönlichen Gott, an einen Gott, wie ihn das Christenthum sich denkt, hervorgehen können.

Auf der anderen Seite aber lässt es sich nicht verkennen, dass sich Seneca in seinen Reflexionen über das Wesen der Gottheit nicht zu vollständiger Klarheit und Gewissheit zu erheben vermag; denn wenn er das Wesen Gottes an und für sich betrachtet, so ist es doch oft nur der unpersönliche stoische Gott, der sich aus seinen Definitionen ergiebt. — Es ist ein Unterschied zu machen zwischen seinen religiösen Betrachtungen und seinen philosophischen Speculationen. — Was er als Mensch mit seinem für die Offenbarungen Gottes in der Natur und im Gewissen so empfänglichen Gemüth gedacht und empfunden hat, steht freilich oft in scharfem Gegensatz zu den philosophischen Theorien und den abstracten Definitionen, die er als Schüler der Stoa ausspricht, und man fühlt sich oft auf's Höchste überrascht und befremdet, wenn plötzlich neben den herrlichsten Betrachtungen über das Wesen der Gottheit Gott in ächt stoischer Weise mit der Natur identificirt und als das Absolute, als die der Natur immanente allgemeine Vernunft und als die Alles wirkende Ursache bezeichnet wird. Es liegt uns fern, diese Schattenseite in seiner Theologie, dieses Schwanken zwischen Natur und Gott und zwischen Theismus und Pantheismus bestreiten zu wollen. Es muss vielmehr anerkannt werden, dass das wesentlichste Element aller Theologie, der Glaube an einen persönlichen Gott, nicht zu voller Berechtigung und alleiniger Geltung gekommen ist.

Aber es wäre unberechtigt, wenn wir von dem heidnischen Philosophen eine so unwandelbare Ueberzeugung verlangen wollten, wie sie nur auf dem Boden einer unmittelbaren Offenbarung erwachsen kann, und wenn wir bedenken, dass sogar einer der grössten Kirchenlehrer von sich bekennen musste: „Mit dem Verstand bin ich ein Heide, mit dem Herzen ein Christ" —, so vermögen wir auch Seneca zu verstehen und werden in seiner Theologie nicht eine Reihe unvereinbarer Widersprüche, sondern eine auf innerer Nothwendigkeit beruhende Erscheinung erkennen, die bedingt wurde einerseits durch sein gereiftes religiöses Bewusstsein und sein tiefes, nur im Glauben an einen persönlichen Gott Befriedigung findendes Gemüth, und andererseits durch den Einfluss der philosophischen Schule, welcher er angehörte und durch den Mangel einer positiven Offenbarung.

Schluss. Seneca's Theologie hat für uns den Werth und die Bedeutung, dass sie uns zeigt, wie weit es die denkende Vernunft in ihrem Streben nach Erkenntniss ohne das Licht der Offenbarung zu bringen vermag. Keiner der alten Philosophen — auch Plato nicht ausgenommen — hat sich so tief in die Anschauung Gottes zu versenken gewusst, keiner hat über das Wesen Gottes so wahrhaft christliche Gedanken ausgesprochen, wie Seneca. Wenn aber dennoch zwischen seinem Gottesbegriff und dem des Christenthums unläugbar eine tiefe Kluft besteht, so lehrt uns dies, dass der natürliche Mensch unfähig ist, ohne eine unmittelbare Offenbarung das Wesen Gottes vollkommen zu begreifen. Mag jedoch auch die objective Realität des christlichen Gottesbegriffs in Seneca's Gottesidee zu vermissen sein, so bleibt sie dennoch eine bedeutungsvolle, in der alten Welt vereinzelt stehende Erscheinung, und was Clemens von Alexandrien von der alten Philosophie behauptet hat, das gilt auch insbesondere von Seneca: Er war ein παιδαγωγὸς εἰς Χριστόν.